제가 그린 그림이

느린 영화나 소설 속의 한 장면처럼

읽히길 바랍니다

일러두기

책 속 그림은 한지민 작가가 그려 온 그림 중 일부를 골라 엮은 것으로 작품 하단 캡션은
작품명, 재료, 크기, 제작연도 순으로 표기했습니다.

혼잣말

한지민 그리고 쓰다

혼자 있는 시간

타인을 대할 때 쓰던 가면을 벗고

느슨하게 풀어헤쳐진 모습

하루 종일 부여잡고 있던 긴장을 내려놓고

녹초가 되어 잠든 모습

누군가를 의식하지 않고 행하는 모든 움직임이

내게는 그림 재료로 다가온다

곁 oil on canvas 130.3×97.0cm 2020

주로 사진을 기반으로 작업을 한다

일상의 순간을 포착하거나

상상되는 장면을 연출하여

사진으로 남긴 후

캔버스에 옮긴다

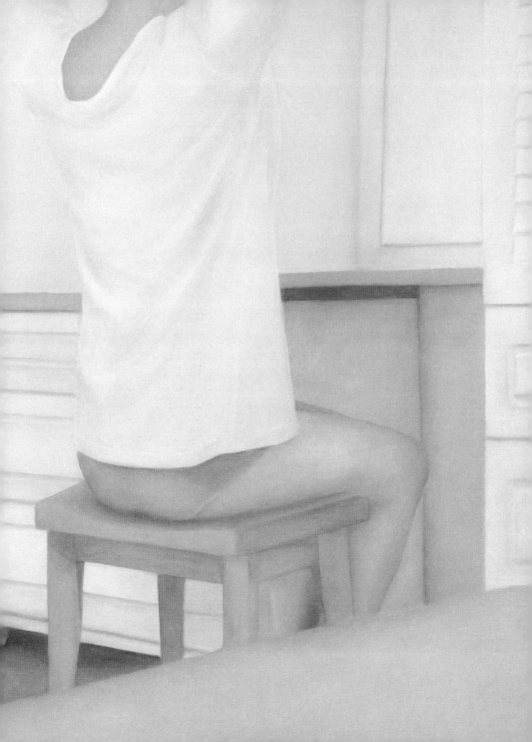

아주 가끔 사람이 그리운 날에는

작업실 블라인드를 살짝 올려본다

지나가는 사람의 다리만 보일 정도로

작업을 마치고 찾는

그 공원엔

사람이 없어서일까

마치 정원사가 잘 관리해주는

우리 집 정원처럼 느껴진다

그 시간 그곳에서 만큼은

부자가 된다

은미씨2 oil on canvas 50.0×65.1cm 2017

미술관 oil on canvas 60.6×45.5cm 2020

유년시절의 대부분을

외갓집에서 외할머니 손에 자랐다

엄마가 오기로 약속한 내 생일날

곰소초등학교 운동장에 있는

미끄럼틀 위로 올라갔다

거기에 올라가면

시내버스가 지나는 것을

볼 수 있었다

그날 하늘에 노을이 번질 때까지

엄마는 버스에서 내리지 않았다

아이 oil on canvas 40.9×31.8cm 2020

옥상 oil on canvas 130.3×130.3cm 2020

외갓집 마루에 엎드려 그림을 그리다 올려다 본 하늘은 또 다른 스케치북 같았다

구름 위에 상상을 더할수록 재미난 장면들이 만들어지곤 했다

하늘색 바탕 위에서 흰 구름들이 변신하는 장면을 한참 동안 바라보던 나

외할머니와 함께

이웃마을 할머니 친구 집에 갔다

할머니는 화투를 쳤고

나는 그 옆에서 놀다가 잠이 들었다

잠에서 깨니 할머니가 없었다

놀라서 엉엉 울었다

눈이 많이 내려서 할머니 혼자 갔어

내일 아침에 데리러 올 거야

나는 더 크게 울었다

연락을 받은 할머니가 데리러 왔다

할머니 등에 업혔다가

할머니 손을 잡고 걷다가

그렇게 집으로 돌아갔다

눈길을 걸으며

할머니는 나를 보고 웃었다

나도 할머니를 보며 웃어주었다

소년 oil on canvas 33.4×21.2cm 2020

밭일을 마친 할머니가 돌아와 아궁이에 불을 지피고

할머니와 단둘이 부뚜막에 앉아 나뭇가지가 타는 걸 지켜봤다

가마솥에서 새하얀 김이 모락모락 피어올랐고 할머니 품은 따뜻했다

병든 할머니와 단둘이 보내야 하는 밤이 두려워

하룻밤만 같이 자 달라 붙잡는 할머니를 외면했다

그게 할머니와의 마지막이 될 줄은 몰랐다

나보다 열세 살 어린 남동생이 태어나기 전까지

나는 우리 집 아들처럼 컸다

초등학교 5학년 무렵

집에 아무도 없을 때

동생 치마를 꺼내 입고 거울 앞에 섰다

흰색 물방울무늬가 들어간 하늘빛 원피스는

분명히 기억하지만

그 옷을 입었던 내 모습은 기억나지 않는다

부끄러워서 차마 거울을 제대로 볼 수 없었던 것 같다

소녀 oil on canvas 72.7×53.0cm 2020

할아버지는

딸만 넷을 줄줄이 낳았다며

같은 밥상에 엄마의 밥그릇을

올려놓지 못하게 하셨다

엄마는 우리가 먹는 밥상 옆에 쪼그리고 앉아

밥그릇을 손에 들고 밥을 먹어야만 했다

입학 후 처음 떠나는 봄 소풍

엄마는 내게 하늘색 모자를 선물했다

분홍색 모자를 갖고 싶다 말하기엔

엄마의 표정이 너무 설레어 보였다

소풍날, 쓰고 있던 하늘색 모자가 바람에 날아갔다

나는 모자를 붙잡지 않았다

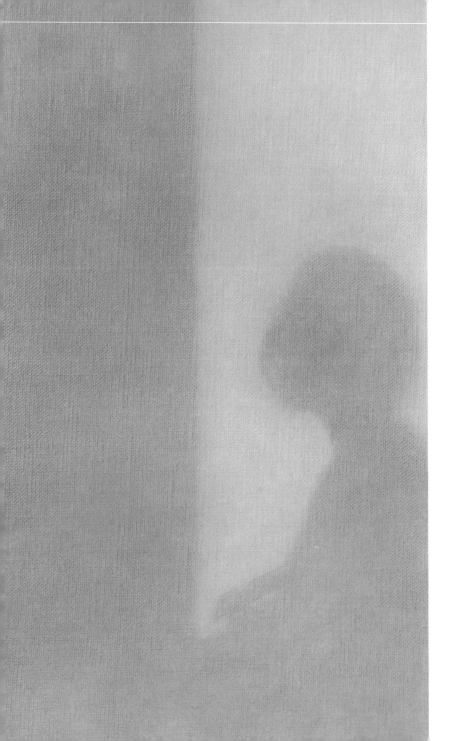

나를 등에 업고 일하는

엄마의 사진을 본다

사진 속 엄마의 나이는

고작 스물다섯

뒷모습이

지금의 나와

많이 닮았다

오후 oil on canvas 34.8×21.2cm 2020

가끔 복도에 서서

미술반 창문 너머로

작업하는 모습을

훔쳐보곤 했다

전시회에 가서

그림을 보다가

감정을 이기지 못하고

밖으로 나왔다

맨 정신으로 싫은 소리 못 하던 아빠는

술에 취해 들어오는 날이면

나를 불러 앉혀놓고

같은 말을 되풀이했다

그림 말고 하고 싶은 걸 찾으라고

침묵 oil on canvas 22.0×22.0cm 2020

뚜렷한 목표도 없이

온종일 이불 속에 파묻혀

살아가던 때가 있었다

그런 나에게 조심스레 건넨

엄마의 편지 한통

그때는 알지 못했다

삶에 의욕 없는 자식을 지켜봐야 하는

부모의 마음을

부모님의 반대로 그림을 그리지 못하게 되자

나름 반항이랍시고

오랜 시간을

아빠와 대면 대면하게 지냈다

그러다 몇 해 전 교통사고로

갑자기 세상을 떠난 아빠

복숭아를 무척이나 좋아하시던 아빠

그림에 미치 다 하지 못한 말을 담는다

복숭아2 oil on canvas 162.2×112.1cm 2018

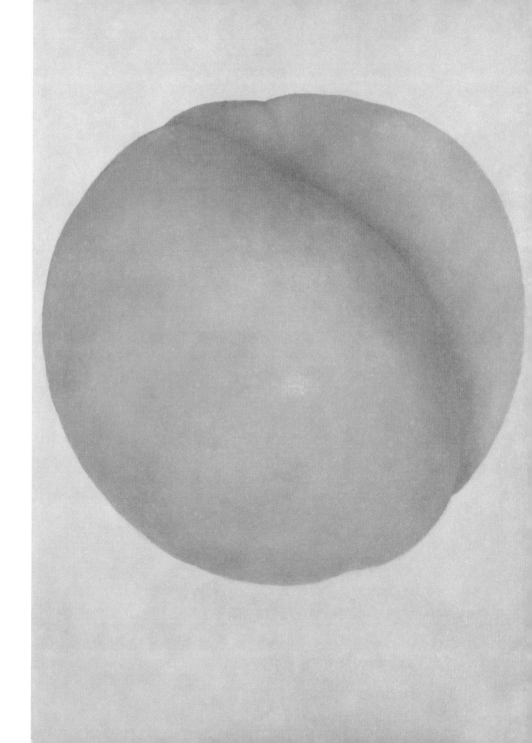

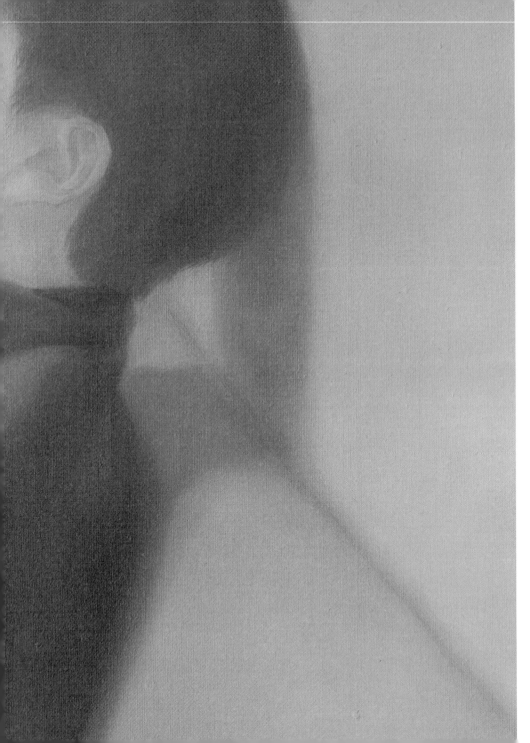

엄마는 감정의 온도차가

매우 큰 사람이었다

정성껏 만들어 준 요리를

맛있게 먹는 걸 보며

행복해하다가도

언제 어느 지점에서

화를 낼지 몰라

나는 늘 불안했다

그런데 지금 내 모습이 딱 그렇다

벽 oil on canvas 33,4×21,2cm 2020

자식들에게 짐 되기 싫다며

아직까지 일을 놓지 못하는 엄마는

뒤늦게 들어간 대학원 학비를 두 번이나 내주셨다

아빠가 너 미대 못 가게 한 걸로 두고두고 후회하셨어

살아계셨더라면 학비 내주셨을 거야

괜찮으니까 받아라는 말도

나에게 직접 하지 못하고

동생을 통해 전하셨다

동생은 돈을 전하면서

'부모님 장학금'이라는 메모를 남겼다

우리 가족이 처음 아파트를 사서 이사 가기 전날 밤

아빠는 설레는 표정으로 우리를 모여 앉게 한 뒤

종이에 집 구조를 그려가며 설명했다

방이 세 개인데

방문이 하얀색이고

내 방은 베란다와 붙어있다고

이사 oil on canvas 40.9×27.3cm 2020

튤립이 심어진 화분에

정성스럽게 물을 주시던 아빠

옆에서 조용히 그 모습을 지켜보던 나

나에게 말을 걸어주시던 아빠

정물 oil on canvas 33.4×21.2cm 2020

여름 oil on canvas 45.0×53.0cm 2016

아빠는 교통사고로 잠시 기억을 잃었던 때가 있었다

사람들이 병원에 사들고 온 황도캔을

가방에 차곡차곡 넣는 아빠

그건 왜 가방에 넣어요?

우리 딸 오면 주려고요

고등학교 3학년 가을

진정한 소풍을 가겠노라며

혼자 바다로 떠났다

여행은 제법 낭만적이었다

바다까지 왔는데 기분 좀 내볼까

골뱅이도 한 접시 사 먹었다

골뱅이는 생각보다 비쌌다

돌아오는 차비가 모자랐다

터미널 직원에게 싹싹 빌고 나서야

무사히 집에 돌아올 수 있었다

친구들과 쉽게 어울리지 못했던 나에게

운동회나 소풍은 그다지 즐거운 날이 아니었다

어른이 된 지금도 그룹 활동은

내게 가장 어렵고 두려운 숙제다

빈자리 oil on canvas 97.0×145.5cm 2020

길을 건너다

음주운전하던 버스에 치여

다리 아래로 떨어졌다

어른이 되어서도

차가 무서워

운전을 할 수 없었다

조수석에 앉아 가다

교통사고를 당했다

그 후로는

운전자를 믿지 못해

별거 아닌 일에 깜짝깜짝 놀랐다

차라리 내가 운전하는 게 낫겠구나 싶어

운전을 시작했다

운전을 해보니 알겠다

내가 운전대를 잡고 있을 때가

제일 마음 편하다는 것을

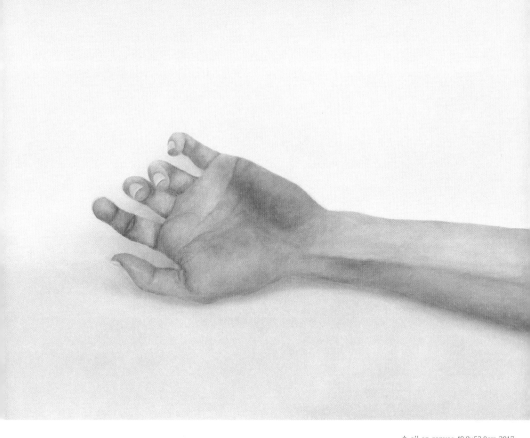

숨 oil on canvas 40.9×53.0cm 2017

척추골절로 방에 누워만 있던 때

아무 생각 없이 그림만 그렸다

그림이 없었더라면

견뎌내기 힘들었을 시간들

거북목에 일자허리인 내가

그림과 플루트를 병행하다보니

심한 통증에 시달렸다

그림을 놓을 수 없어

악기를 내려놓았다

알약 oil on canvas 24.2×33.4cm 2016

현실을 외면하는

가장 간단한 방법

등 oil on canvas 27.3×22.0cm 2020

누군가의 절망 앞에서

그 순간을 그림에 담고 싶은 욕구와

상대에 대한 죄책감이 충돌한다

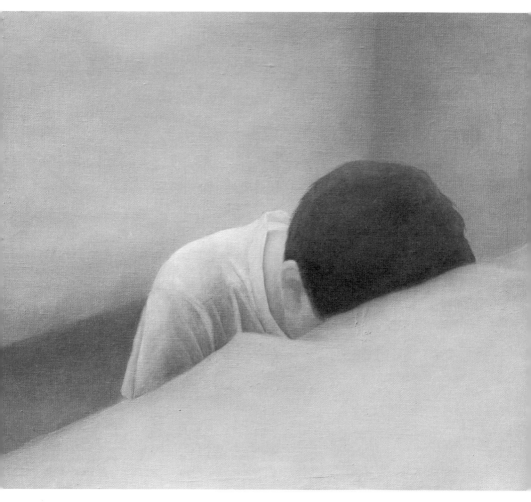

밤 oil on canvas 60.6×72.7cm 2019

세면대 oil on canvas 100.0×72.7cm 2019

너무 무기력한 거 아니야?

뭐든 취미를 가져보는 게 어때?

아니

이건

그동안 열심히 살아온

내 인생에 대한 선물이야

일요일 oil on canvas 162.2×130.3cm 2019

같은 영화를 두 번 보지 않는 편이지만

오기가미 나오코 감독의 〈안경〉은

몇 번이고 다시 본다

영화를 보는 내내

주인공인 코바야시 사토미가 된다

영화 속 등장인물들과 함께 사색하며

살며시 웃는다

퇴근 후 돌아온 집

현관문을 열자마자 느껴지는 익숙한 냄새에 마음이 놓인다

문을 닫는 순간 세상의 모든 소음으로부터 차단됨을 느낀다

타인과의 적당한 거리를 유지할 수 있는 공간

그것이 진정 내가 바라는 집이다

퇴근 oil on canvas 65.1×45.5cm 2019

집에 들어와

제일 먼저

블라인드를 내리고

그 후에 불을 켠다

창문을 열기 전에는

먼저 불을 끄고

그 후에 블라인드를 올린다

나는 없을지도 모를 상대편 누군가를

항상 의식하며 산다

소녀2 oil on canvas 116.8×80.3cm 2018

온몸의 긴장을 풀고 소파에 편안하게 눕는다

모든 것으로부터 해방된 이 공간이 있음에 감사하다

그 감사의 마음은 윗집 아저씨의 퇴근 직전까지만 유지된다

소파 oil on canvas 162,2×130.3cm 2019

하루 일과를 모두 마치고

침대에 누워 책장을 넘기는

하루 중 가장 마음 편안한 시간

내가 가장 기다리는 시간

소파 oil on canvas 162.2×130.3cm 2019

침대 oil on canvas 45.5×33.4cm 2020

침대 oil on canvas 45.5×33.4m 2020

취향에 딱 맞는 책을 만난 날

책을 놓지 못하고 밤을 새워가며 읽는다

공감되는 부분을 만나면

흥을 억누르지 못하고 달아오른다

작가의 인스타그램에 접속해

좋아요를 꾹 누른다

침대 oil on canvas 33.4×21.2cm 2020

비가 오는 건 소리로 알지만

눈이 오는 건 느낌으로 안다

흰 oil on canvas 72.7×60.6cm 2020

아침에 눈을 뜨면

블라인드를 올리고

베란다 문을 활짝 연다

거실 소파에 앉아

밖을 내다보며

커피를 마신다

가끔 그날의 아침을

사진으로 남긴다

빈자리 oil on canvas 130.3×89.4cm 2018

바람이 부는 날

창밖을 보며

연주곡을 들으면

분수대는 피아노

나무 기둥은 첼로

흔들리는 나뭇잎은

바이올린이 된다

몽상가 oil on canvas 45.0×45.0cm 2020

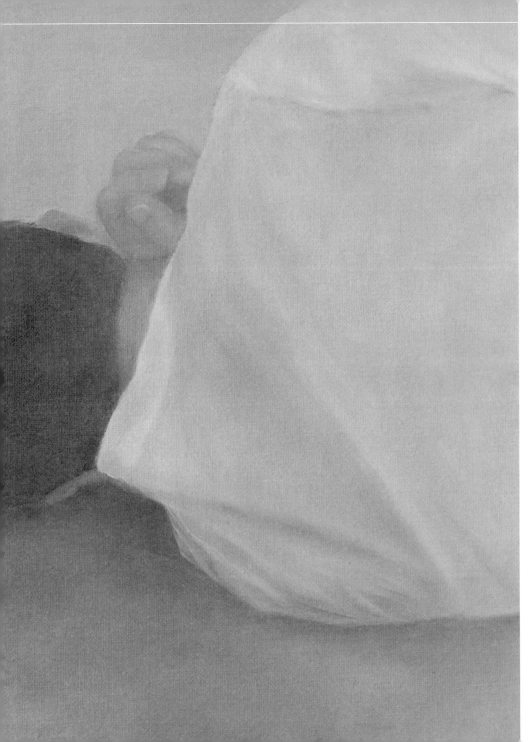

누군가 나에게 기대한다고 느끼면 마음이 무겁다

기대를 만족시키는 것은 어렵고

기대에 못 미칠 때 실망하게 되는 것은 두렵다

어깨 oil on canvas 33.4×21.2cm 2020

조용한 마을에 어둠이 내리면

따뜻한 온기를 내뿜는 동네 책방

책방 oil on canvas 22.0×22.0cm 2020

마당 텃밭

구들장 서까래

단조로운 디자인

흙과 나무로 만든 집

조건에 딱 맞으면 좋겠지만

안 되더라도

절대 양보할 수 없는 한 가지

이웃이 없어야 한다는 것

조카들이

삶에 지치는 순간

마음 편히 찾을 수 있는

따뜻한 온기를 느끼며

조용히 쉬어 갈 수 있는

그런 공간을 갖게 해주고 싶다

침묵 oil on canvas 116.8×80.3cm 2019

책 oil on canvas 162.2×130.3m 2020

설렘을 안고 찾은 미술관에서

뜻밖의 그림 소재를 만나기도 한다

집으로 돌아오는 길

그 장면을 어떻게 표현할지

어떤 그림이 완성될지

상상한다

결국 설렘의 연속이다

에피톤 프로젝트와 내 그림이

꽤 잘 어울린다고 생각한다

작업을 마친 후

에피톤 프로젝트의 노래를 들으며

그림을 멍하니 바라본다

그림 속 주인공이 살아 움직일 것만 같다

흰 벽 oil on canvas 53.0×53.0cm 2020

편지 oil on canvas 116.8×91.0cm 2020

같은 공간

서로의 살이 닿지 않는 거리

각자의 시간

두 사람 oil on canvas 100.0×72.7cm 2018

영원히 나의 뮤즈로 남아주기를

K oil on canvas 116.8×91.0cm 2019

나로 살고 있는

지금 내 삶에 만족해

마주하다 oil on canvas 100.0×72.7cm 2018

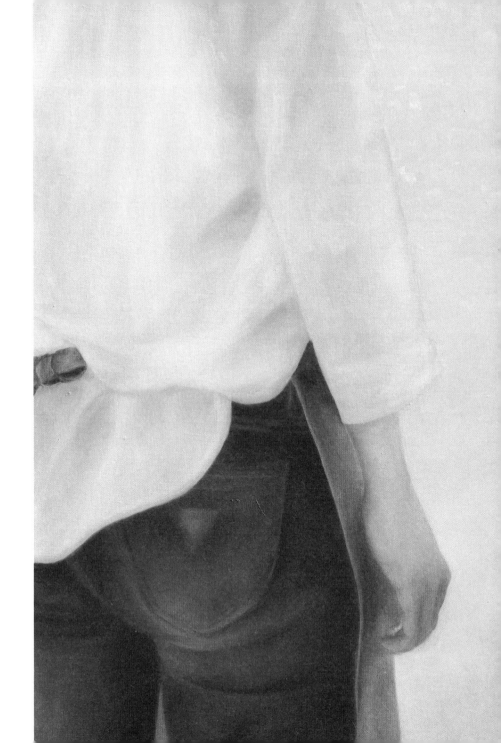

에필로그

지난해 가을.

자주 가는 책방 '오래된 미래'에서 열린 독립출판 강의를 듣게 되었다.

강의 첫날, 교양과목 듣는다는 가벼운 마음으로 참석했던 나는 강의가 진행될수록 마음이 점점 무거워졌다. 예상과 달리 5주의 수업이 끝날 때 가제본을 한 권 완성해야 하는, 목표가 분명한 강의였다. 날마다 정해진 분량의 글을 써야 하는 과제도 있었다. 개인전 준비로 바쁜 와중에 글까지 써야 한다고 생각하니 슬슬 그만두고 집에 가고 싶어졌다. 강의가 끝나길 때쯤 물었다.

"강의만 듣고 책은 안 만들어도 되는 거죠?"

"아니요. 가제본 완성까지가 이 수업의 마무리입니다."

낮에는 그림을 그리고 밤에는 글을 쓰는 생활이 시작되었다. 걱정과 달리 나는 의외로 그 시간에 쉽게 적응했다. 글을 쓰는 것은 그림을 그리는 것과는 또 다른 즐거움이 있었다. 어린 시절의 기억을 쓸 때는 어린아이가 쓴 일기처럼 꾸밈없이 써졌고, 나도 모르게 글 쓰는 시간이 기다려졌다. 그렇게 매일 밤 시간 가는 줄 모르고 글을 썼다.

책 출간을 제안받았을 때 처음엔 설레었지만 시간이 지나면서 두려움으로 바뀌었다. 글을 위해 작업한 그림도 아니고, 그림에 맞춰 쓴 글도 아니었기에 책으로 출간하기엔 무리가 있다는 생각에서였다.

"책이 좋으면 그 작가의 책을 계속 찾아 읽게 되는 것처럼, 〈혼잣말〉이 작가님의 그림을 알리는 역할을 했으면 하는 바람이에요."라는 공가희 대표의 말에 고민을 끝내고 용기를 내어본다.

걱정 많은 나에게 용기를 준 공(KONG)출판사 공가희 대표와, 응원해주신 모든 분들께 감사드린다. 이 책이 누군가에게 조용한 토닥임이 될 수 있길 바라본다.

2021년 2월 밤 한지민

혼잣말

초판 1쇄 발행 2021년 3월 25일

그림 · 글   한지민
편집   공가희

펴낸이   공가희
펴낸곳   KONG
등록   2018년 8월 31일(제2018-000019호)
email   thekongs@naver.com
instagram @kong_books

ISBN 979-11-91169-02-7 (03810)

* 책값은 뒤표지에 있습니다.
* 파손된 책은 구입한 서점에서 교환해 드립니다.